AF232897

ODE
A LA NATION.

A LONDRES,

Et se trouve A PARIS,
Chez les Marchands de Nouveautés.

1787.

ODE

A LA NATION.

Loin du ſeul objet qu'il adore,
Le Berger, ſolitaire, accablé de regrets,
Languit, & tout entier à l'ennui qu'il dévore,
Il ſuſpend ſon luth aux ciprès.
Tel, l'âme vivement atteinte,
Pleurant le long exil des Dieux que je chéris,
Je tremble d'eſſayer ma voix, hélas! éteinte
Par la douleur que je nourris.

A ij

LEUR retour eſt hors d'apparence ;
Jamais, jamais le Ciel ne ſera plus ſerein :
Le vice va croiſſant, & je perds l'eſpérance
      De voir finir l'âge d'airain.
      En vain la vertu nous rappelle ;
En vain de la raiſon l'éclat fait nous ravir :
Nous ne ceſſons d'errer, & notre cœur rebelle,
      Fait pour commander, veut ſervir.

      QUEL ès-tu, merveilleux Génie,
Qui viens paré d'olive & d'amours eſcorté ?
Es-tu l'Ange des Lys, le Dieu de l'harmonie,
      Ou celui de l'Humanité ?
      Quoi ! dans les routes du délire,
Tu voudrois rentraîner mon eſprit abattu !
Ah ! pourrai-je t'y ſuivre & remonter ma lire
      Si tu ne ſoutiens ma vertu ?

MAIS quel rayon, dans ma retraite,

Précurseur de l'espoir, fait tressaillir mes sens ?

Je cesse d'en douter ; un nouveau jour s'apprête ;

Nous aurons des Dieux plus présens.

Aux transports de l'heureuse Seine,

Que l'Adour & la Meuse unissent leurs transports ;

Et vous, qui de Malherbe, avez l'art & l'haleine,

Préparez vos plus doux accords.

LA main de l'Arbitre Suprême,

Aux fougueux Elémens fait respecter son frein,

Enchaîne leur discorde, & la mer, la mer même,

Dans sa prison, frémit en vain.

A-t-il permis que la froidure

Ravageât nos vallons, dépouillât nos forêts ?

Soudain un souffle part, & l'aimable verdure

Les tapisse d'un émail frais.

UNE plus frappante merveille
Vient fixer, enchanter mes regards & mon cœur.
Oui ; tel un Souverain qui s'inftruit & qui veille,
     Des paffions fe rend vainqueur.
     Il dit ; & leur fureur altière,
A la digue qu'il pofe, humblement s'amortit ;
Il veut ; & l'ordre règne & jufqu'à la frontière,
     L'hymne du bonheur retentit.

     CÉDEZ enfin, LOUIS l'ordonne ;
Fuyez, vieilles Erreurs, monftres qui m'effrayez :
Que vos fceptres de fer avec votre couronne,
     A fes pieds tombent foudroyés.
     Quel grouppe de Vierges naïves,
Sur lui, du haut des Cieux, attache fes regards,
Lui fourit, & s'apprête à voler vers nos rives,
     Sur les pas des Mœurs & des Arts !

ACCOUREZ des bouts de l'Empire,
Citoyens ! Vous qu'honore un choix si solennel ;
Venez, & rendant gloire au zèle qui l'inspire,
    Secondez son cœur paternel.
    Tout nous présage des miracles :
Ce Roi, plus grand peut-être en cherchant de l'appui,
Veut vous interroger ; que vos communs oracles
    Soient dignes de vous & de lui.

    TEL, avant d'armer son tonnerre,
Assis entre les Dieux, l'Eternel tient conseil.
Là, tremblent inclinés, & l'Ange de la Terre
    Et le Chérubin du Soleil.
    De-là part, suivi de la foudre,
L'Arrêt que la Justice, à hauts cris, implorait ;
Et l'opprimé triomphe, & l'orgueil est en poudre,
    Et le scandale disparaît.

D A N s ce nouvel Aréopage,

Sous l'œil de la Sageſſe, ouvert aux demi-Dieux,

Non, vous n'entrerez point, Préjugés, vieil Uſage,

Intérêts toujours odieux.

Malheur à qui ce ſanctuaire

Pourroit encor permettre un ſeul retour à ſoi !

Que le bien public parle, & que ſa voix auſtère

Du Sénat ſoit l'unique loi.

D'a u t r e s chanteront les batailles,

Enfleront la trompette, & d'un élan guerrier,

Sur les débris fumans des champs & des murailles,

Cueilleront un ſanglant laurier :

Ou brûlant de venger Neptune,

Tels que ſur le vautour, l'aigle fond, l'œil ardent,

Ils iront enchaîner, conduits par la fortune,

Le Léopard ſous le Trident.

Moi, de qui la voix eſt moins fière,
Muet pour tout exploit qui fit couler des pleurs,
Pour les amis du bien, dans une autre carrière,
Je me plais à glaner des fleurs.
Je dirai l'Erreur, l'Impoſture
Abandonnant la terre, à l'aſpect de Thémis,
La Foi régnant paiſible, & le ſang, la nature
Conſacrant leurs nœuds affermis.

Déja le Soc, le Caducée
S'embraſſent avec joie & mêlent leurs tréſors.
J'ai vu tomber leurs fers ; le vol de ma penſée
Ne ſuit qu'à peine leurs eſſors.
Chacun d'eux, îvre d'allégreſſe,
Nous promet mille biens dont il va s'enrichir :
Chacun, libre du joug, tout ranimé, careſſe
La main qui daigna l'affranchir.

B

Soleil qui ris à ma Patrie,
Porte mes faibles fons aux bords les plus lointains :
Que par-tout on admire , on chante l'induftrie
    De l'Artifan de nos deftins.
    C'eft peu ; l'Humanité peut-être ,
Jaloufe d'un tel fort , fouffriroit encor plus :
Soleil ! remplis mes vœux , dépars-lui le bien-être ;
    Les tableaux en font fuperflus.

Que ne puis-je , dans mon extafe ,
L'enivrer des plaifirs dont mon âme jouit !
Du Trône des Bourbons , l'Amour foutient la bafe ;
    Sous fon dais , Thémis m'éblouit :
    A fes côtés je vois Minerve
Qui, du Corps politique obfervant la langueur ,
Sur les germes de mort dont le poifon l'énerve
    Répand des germes de vigueur.

JE vois la corne d'Abondance
Epancher des tréfors qui ne s'épuifent pas ;
Le Berger, fous le hêtre, aux loix de la cadence,
Accorder fa voix & fes pas ;
Cérès entaffer des javelles
Où le jonc, la bruyère ofoient braver fon foc ;
Les rivières s'unir, & des vignes nouvelles
Serpenter fur les flancs du roc.

TROIS fois falut, honneur fuprême,
Au Mortel qui s'ouvrit un fi brillant fentier.
Mufe, dis-moi fon nom : j'irai, de Sulli même,
A fon front ceindre le laurier.
L'Hymen lui devra mille fêtes,
Le Siècle fa fplendeur, Cybèle fes attraits,
L'Humanité fon culte & fes douces conquêtes,
Les Mœurs & les Arts leurs progrès.

ODÉ

DÉCHAINEZ-VOUS, hideux reptiles !
De la chagrine Envie, Amans & Nourriſſons :
CALONNE vous dédaigne, & vos langues ſubtiles
       Doivent vomir tous leurs poiſons.
       Oui, d'un éclat qui vous outrage,
Vils ſerpens ! vengez-vous par d'aigres ſifflemens :
Il ne vous entend point, content ſi ſon courage
       Fait nos plaiſirs & vos tourmens.

MAIS quelle Nymphe, quelle Reine
Deſcend, & vers le Trône achemine ſes pas ?
Les lys, les diamans, la pourpre ſouveraine
       Sont éclipſés par ſes appas.
       A ſes genoux, ſoudain, je vole,
Tel qu'à ceux d'une mère, un fils court tranſporté.
Sa main tient un triangle, admirable ſymbole
       Où je lis : IMMORTALITÉ.

D'un air où ce moment prospère
Me laisse voir encor le deuil qui l'a flétri,
Elle dit : » O mon fils ! ô mon sauveur, mon père !
    » Sang des Héros, sang de Henri !
    » Tu veux donc essuyer mes larmes ;
» Tu veux briser mes fers, alléger mes fardeaux :
» Ah ! je viens t'en bénir : les plus rares faits-d'armes
    » Illurenstt moins que ces travaux.

    » Connais mes plus cruels supplices :
» Je porte dans mon sein des contrastes honteux,
» La force & la langueur, la faim & les délices,
    » Les haillons & l'éclat pompeux.
    » Que me sert d'élever ma tête,
» Brillante d'opulence & couverte de fleurs,
» Quand le moindre regard que sur mes bras j'arrête,
    » Me coûte des torrens de pleurs ?

» Q u e fert à ma douleur amère

» De nager près de Toi dans l'or & les plaifirs,

» Quand au loin (quel aveu pour le cœur d'une mère!)

» Le Ciel n'entend que mes foupirs ?

» O vous, mes aînés, ma reffource,

» Vous les flambeaux d'un Roi, jaloux de s'éclairer,

» Daignez tarir mes maux, daignez m'ouvrir la fource

» Des faveurs qu'il veut m'affurer.

Il n'eft à mes yeux qu'un vrai zèle :

Vos cœurs vous le diront ; c'eft de remplir fon but.

Il a pitié du Peuple, & tout Français fidèle

Doit m'offrir le même tribut.

A qui s'en défend, anathême !

Vos Vaffaux font mes fils, & puis-je les trahir ?

Non, partagez leur faix ; c'eft ainfi que l'on m'aime ;

Pefer fur eux, c'eft me haïr.

« A s s e z & trop long-tems, fans doute,

» L'angoiffe, fous le chaume, a mes yeux offenfés :

» Affez de mon pur fang, exprimé goutte à goutte,

» Mes tyrans fe font engraiffés :

» Affez, hélas! fous leur empire,

» Les Abus ont gêné mes vœux, mes arts, mes loix :

» Que la Raifon triomphe, & qu'enfin je refpire,

» Libre par-tout, à votre voix.

» J e fuis contente de ma gloire :

» Dans mes faftes facrés, que de noms immortels !

» Ni Baïard ni Corneille, au temple de Mémoire,

» N'ont de Rivaux fur leurs autels.

» Un rang plus éclatant encore

» Attend ceux d'entre vous qui feront mon bonheur.

» Lo u i s ! obtiens ce rang : la France qui t'adore,

» T'a gardé ce comble d'honneur.

N.